渔村史

YU

CUN

SHI

林杰荣◎著

海水的味道
渗进他们的血液里
一张渔网
捞起一个村子的安宁

经济日报 出版社

图书在版编目(CIP)数据

渔村史／林杰荣著. -北京:经济日报出版社,2022.10
ISBN 978-7-5196-1193-4

Ⅰ.①渔…Ⅱ.①林…Ⅲ.①诗集-中国-当代 Ⅳ.①I227
中国版本图书馆 CIP 数据核字(2022)第 179668 号

渔 村 史

作 者	林杰荣
责任编辑	陈礼滟
责任校对	薛银涛
出版发行	经济日报出版社
地 址	北京市西城区白纸坊东街 2 号 A 座综合楼 710(邮编:100054)
电 话	010-63567684(总编室)
	010-63584566(财经编辑部)
	010-63567687(企业与企业家史编辑部)
	010-63567683(经济与管理学术编辑部)
	010-63538621 63567692(发行部)
网 址	www.edpbook.com.cn
E - mail	edpbook@126.com
经 销	全国新华书店
印 刷	廊坊市宏森印务有限公司
开 本	880 毫米 x 1230 毫米 1/32
印 张	6.25
字 数	60 千字
版 次	2023 年 1 月第 1 版
印 次	2023 年 1 月第 1 次印刷
书 号	ISBN 978-7-5196-1193-4
定 价	48.00 元

目　　录

第二辑　流水书

第五辑　轻轻地活着

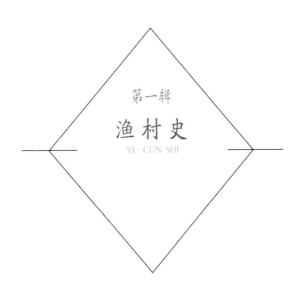

第一辑

渔村史

YU CUN SHI

渔 村 史

这村子本是个小鱼滩
数百年前有人定居,捕捞
借海水清洗伤口和蔬菜
繁衍出了木筏、桨船
帆船和钢船
几支冒着火星的烟囱
渐渐长成了灯塔的模样

他们开始用相同的姓氏
唱起同样的劳动号子
海水的味道渗进他们的血液里
一张渔网捞起一个村子的安宁
而时常遗落在海面的月光
因为捞不动,让他们格外揪心

与水有关的善良

在船上的时候,轻轻摇晃
我的心被摇软了
一个善良的人住进来

水里长大的人没有坏心肠
刀剑都是沉下去的
柔软的波光随处可见
你看,他们眼里充满了怜悯

我能感受到我慢下来了
炊烟成了有重量的一句话
烟雨和故事,深深嵌进皱纹里
老街、老房子
愈发显得慈眉善目

这里安静
善良的人也大多安静
隔着窗户,有人传递悄悄话
如果你忘了什么,不要紧
这里只有水和缓慢的时光
想记住一件事情,已非常不容易

在故乡的日子里

在故乡的日子里
我每天被一阵风摇醒
睡得踏实，也习惯早起
鸟鸣是山水的钟声

阳光在天空中跑跑停停
更多时候，被遗忘在菜田里
当我和一只甲虫聊天
温饱和自由
不再是很沉重的话题

还有浑浊的溪水
拼命留住我儿时的脚印
但时间只会说"不"
故乡的日子一天就是一天
我可以轻轻地撕掉它
然后在心口留下一道深深的疤

海边的父亲

终日吹着海风,或许
加重了他的肩周炎
白头发应着他的每声咳嗽
把几十年光阴晒成一滩粗盐

又咸又苦,海边大多是这个味
他的舌头被海浪磨出了一层层茧
黝黑的礁石
像极了海边男人沉默的一面
生活中波涛汹涌
但冲不走一颗浑身刀痕的顽石

我不知道,他心中的潮有没有退去
但夜色时常被他手里的烟
烫出几分遗憾与疼痛
仿佛,艰难地诉说着一个秘密
仿佛,一艘还没准备好的船
在尝试着把自己放生

河 流 史

要从最高的那座山数起
一条河,两条河,三条河
在大雪纷飞的日子里
它们一涨再涨,然后各自转弯

带着黄土流经千里,万里
带着历史的回声流过石器
青铜,水泥坝子
当它爱上某个地方
必然要经历一次干涸,以及
孕育出一个饥渴而忍耐的种族

它还会继续流,直到
所有纷争都彻底安静下来
它比时间更仁慈
于是,我们看到海洋
而那些流着流着就消失的
让我对生命有了更多好奇与期待

故乡的秘密

海风一直刮,向我讨债
那块刻着村名的褐色大石头
却总是欢迎我再次回乡
就像欢迎新的观光客一样

村里的路多半浇上了水泥
而我多半只在
海边的乱石堆上走走
海水一阵紧赶一阵
多半和我一样
没有追上想要的答案

远远近近都是船
漂泊的日子每一天都数着秘密
码头延伸处,桥墩深陷在泥里
这是故乡的一只脚
它在海上赶路
此刻,它已经走不动了

码头掠影

十六年风雨，让码头越来越灰暗
如同这一排无力靠岸的老迈的渔船
如同这渐渐衰退的古老渔村的烟火
我不知道该如何陈述它的幸与不幸
那些热火朝天的鱼货装卸，以及
被风一吹就极易消散的离别时的泪话
却始终年复一年，吊着码头苟延残喘的性命

我看到一个老渔民坐在石礅上抽烟
他脸上的皱纹分明就是码头上的裂痕
凹陷的岁月都变成
一张张铺晒在他脚下的网
网住了码头和他自己，网住了
整个村子自古以来的渔的传统

海风开始回暖，我的目光开始涣散
虚浮的脚步令我感到渔村正在微微颤动
这是来自根源的阵痛吗
我回首望着村里延伸而出的码头
没有人回答一个臆想者的揣测
而此刻，我仅仅把半截身子
埋入这与海交接的缝隙中

关 于 水

关于水,我能说些什么
它可以无限地放大一粒沙
在黑暗处,它养着光
摇晃的影子并不是我们所见真相

关于水,我只想说大海、天空
它一次次否定自己
在否定中变得更加开阔
一边流淌,一边干涸
除了挣脱自己,从来不争

关于水,我说不清它的源头
那么多河流经我的身体
最终成了眼泪,和被咽回的愁
它只是流着,像时光一样默默地流着
不管哪座山刻着它的名字
它始终把爱不断分给陌生人

乡　谣

从故土的根须衍生出血脉
我的听力和视力,都源自
祖辈的阳光、雨水
以及,田野里随风翻腾的歌谣

或许,这是我所能听到的
老祖宗唯一的声音
我该保持怎样的敬畏,才能
不致亵渎如此温柔的训诫

没有韵脚的平淡的语言,却
酝酿出这般令人沉醉的诗香
朗诵与倾听,无非
赤子之心的自我解剖

唤醒什么,我不知道它的使命所在
我只知道灵魂的战栗与它有关
当故乡的一切都悄然安睡,有个声音
始终萦绕在光与梦的角落

渔村烟火

捕捞,这个村子的主要生计
炊烟不光在岸上,也在渔船上
大多数日子风平浪静
偶尔有些颠簸,有人就要咳嗽几声

村子的味道是强烈的
有鱼,有海
打工者喝完酒,兴奋地在码头卸货
就连每一艘船都有不同味道
有些只是柴油味,有些飘着柴米油盐

休渔的季节,村里人气旺
但他们是闲不住的
打牌,或吹嘘曾经历的风浪
泊在码头的渔船已经停止摇晃
除了与海水的摩擦声
却听不到一句与岸上有关的话

烟 草 店

路口拐角是一家烟草店
父亲时常去那里买烟
老板总是和气地说"少抽点"
我听不出，那到底
是不是生意人的客套话

有时候，一群中年男人
围坐在店门口抽烟
他们大多做着同样的买卖
互相递烟，互相踩一脚
生活中那些灭不干净的烟头

在这里，他们说话往往很大声
一支烟烧掉了一层束缚
说到激动处，就咳嗽得厉害
仿佛某种必不可少的仪式
手上的烟灰，不小心抖落在脚下

扁　担

愚公用它挑走两座山
我父亲用它挑起海边人的传统
现在,它自己挑着一些灰尘
最沉重的担子,留给时间

它曾是大山里的根
吃风吃雨,吃出能够屈伸的脊梁
伸直了可以量天
弯腰,就是人间最稳的桥

坚忍、公平,生活要一步一步
夕阳下山,再把它挑起来
很多棱角被磨得越来越光滑
而我,只想摸一摸父亲粗糙的脸

外婆的地图

外婆还在熟练地织围巾
把落日最后的温度
一点不漏地缠绕在毛线里
天边云霞微微透着护佑的暖色
我猜,遮挡黑暗一定很吃力

黄昏如同时间的慢动作
很多看不清的事物在这一刻静止
外婆手里的两根棒针
却依然快速地来回交织
像游走于时间之外的两条腿
而她,从来不为自己追赶时间

围巾越来越长,两根棒针
在黄昏的山野、河流
村庄之间来回跳跃
这也是外婆的人生地图
一个勤劳农妇不会迷路的原因
她还要在围巾上缝一个姓名
送给孙子或者外孙
她总是希望
后辈也不要远离这张地图

院 子 里

院子里,还剩些老人与孩子
老人晒一晒太阳就满足了
孩子们沾满泥巴,兴奋得像
抓满最珍贵的玩具一样

这里的声音很单调
鸟叫,孩子们吵
老人大多有些耳背
自言自语了一阵
总觉得安静的时候天特别蓝

泥土地还是泥土地
石子路还是石子路
老人老得很慢
孩子们依旧穿梭在童年里
只是这样的院子,越来越少了
我一直想不通,他们最后会住在哪里

老家的傍晚

老家,傍晚吃饭的点
不该在外面闲荡了
一家人有很多话要叙
围坐着,时间也坐下来

天黑,就点灯
累了,就靠一靠
整理碗筷的总是母亲
我想搭把手
却发现自己的笨拙

父亲爱抽烟,饭后摸出一根
却总是想了很久才点火
我和他的话题是工作,工作
仿佛男人之间再没有其他话题
我的收入,或前途
都会让他的烟燃烧得更快

海边的月

海边的月
明亮,却不断摇晃着
我知道海风是吹不动的
天空中也有某些起伏的潮

更多时候它并不圆
每个人都补过它的缺口
在故乡,天空很小
我曾见过一朵浪花溅起的水
顷刻间打散了月光

思念是需要种子的
需要故乡的泥土
和无数个夜晚的培育
直到月光再一次热起来
海面上漂泊的光
聚成一朵朵完整的花

家　书

家书不是写出来的
是思念把一个个离乡的日子
串起来,还牢牢地串着
泪水、笑声、落叶、种子

一把乡土就是一座山
家书扛起了世间最沉的重量
为什么鸿雁会哀鸣
沉重的思念
让天空都下沉了几分

落叶,终究回到土里
雪花,终究回到海里
手捧家书的人,艰难地
寻找逐渐消逝的记忆
那里的事物,都轻飘飘
家书不过一张轻盈的白纸

半山夜对海

在半山上迎接夜幕
海浪泛着白光,越来越近
这里的草木与风和善
一群爱热闹的人,窃窃私语

远处、近处,都是船声
波涛平和,显得愈加壮阔
海面上有一些光点闪烁,升起
分不清星子还是渔火
顽固地撑起
夜色中某些人的孤独

码头就在山脚下
繁忙过去了,适宜散步
昏黄的灯光轻柔的风
更能触动一个人的思绪
我走得比思考的更慢
这条海岸线,不知道够不够长

一个人走在码头上

一个人走在码头上
我格外留意那些落单的事物
泊在滩涂上的一艘近乎侧卧的小船
有意无意地泄露了
潮水涨落之间的难言之隐

我留意到扛着滑梯架子的老渔民
他脸上粗糙的反光
与一块布满青苔的
礁岩上的水光同出一辙
他似乎善于沉默，和所有孤独者一样
把影子拉得越来越长

某些贝壳被浪潮卷入石缝
再也爬不出死于孤独的命运
而它们依然保持着体面的姿势
缓慢地呼吸着，甚至把死亡的体验
记录成骨骼里最重要的一部分

深夜鱼市

码头的鱼市,临时性的
短暂得就像鱼儿浮出水面透一口气
他们往往
在黑夜里交流眼中的一点光
那是漂泊了几十个小时后仅余的力气
不再接受讨价还价

匆匆靠岸的运输船
还没有褪尽
寒风中的颠簸与发动机的火热
它拉长了鱼市的临时性
如同断断续续的波浪,却紧紧扣住
码头与远洋之间的节奏

空气里弥漫着沁入骨髓的沉寂
叫卖、问价,市场的嘈杂
都被彻底压在深夜无声的规则之下
往来的脚步
仿佛踩着一阵阵仓促的夜风
他们已然把这段临时性纳入人生的长度

北渔山灯塔

它把渔山岛整整拔高了十七米
高过风浪，高过黑暗
守望的人，从出生到死亡
寄宿在一团火焰里
不断用身体充当燃料

谁会甘愿提一盏灯
替别人，守在风口浪尖
这座灯塔怕是遭受了不少打击
潮湿久了，铁皮也会锈蚀
孤独是否让黎明变成一种刺眼的痛

我尝试去理解这一种孤独
但无数个死寂的黑夜，容易让人发疯
它仅仅需要一艘小船
在风浪中飘摇，为它指明一条路
而多少漂泊不定的人啊
企图吞食它眼里所有的火光

写在开渔之前

开渔之前,渔村人多却安静
码头上没有卸货装货
很多船泊在渔港,耐着性子
海风啊,一阵一阵,像倒计时

渔民的生活很简单
船上要扎扎实实,船下有些放纵
昼夜颠倒是家常便饭
很多渔民喝酒止咳
在岸上,把该吐的都吐完了

天气渐渐转凉
潮水渐渐晃动散漫的船只
即将开渔,要准备号声
冷清的码头,又要烧起来了
渔村越来越热闹
送行的人一边骂着,一边眼中带光

远洋捕捞者

离岸，就意味着颠簸
向风浪争取平淡生活的盐分
有时会被苦涩的海水呛到
咳嗽、呕吐、流泪
都让脚下颠簸得以缓解

懂得撒网的人一定懂得放生
给大海多留些种子
海上的日出才能继续照亮船头
不断起伏的海面，到底
接纳了多少人生活的波折
谁不想平静一些呢
但一艘小船如何明白大海的辽阔

石浦老街

老街还活着
一口风一口浪地活着
它最初是铺在鱼的脊背上
浑身冒着海腥气
一步一步,艰难地落户

蜿蜒的山道响起渔歌
窄巷子敞亮起来
一座并不算高的石砌城门
开着,所有老屋的门都开着
它们仅仅习惯于真实

老街的店面,古意十足
皎皎月光不知来自哪个朝代
卖渔货的最多,吃不完就卖
整整一条街走下来
我至少闻到四种咸味
历史,波涛,生活,眼泪

父亲的草稿纸

一沓白纸,父亲的草稿纸
做生意的时候承担生计的换算
得空了,闻一闻父亲指尖的二手烟
纸张抬头印着渔村里的某个地址
和几个没人使用的联系电话
这里讨生活的人基本靠喊
我不止一次见到父亲,艰难地
把几声咳嗽从早已嘶哑的喉咙挤到草稿纸上

有时父亲划破了一张纸
他的情绪也在沉默中等待一戳就破的口子
渔村的男人大多有着大男子的通病
一沓白纸渐渐变薄,父亲身上的褶皱
是越来越多擦不掉的命运的草稿
我清晰地辨认出,他的笔画
已不再需要更多草稿纸
而他笔下的纸张,不再白得那么小心翼翼

老　船

老船搁在浅滩上
像一个轻微中风的老人
波浪还会回来吗

生活再也禁不起颠簸
下半生，就这样深深陷在泥里
风呢，又黏又咸
早就不是那个年轻的水手了

还记得造船厂吗
几个好兄弟一起扑进海里
说好把这副骨头留在大海最深处
一辈子风浪，从未退缩
如今，却不得不失约

涨潮时依旧怀念码头上的繁忙
鱼腥味混杂着酒味
刚靠岸的船往往兴奋而粗俗
仿佛一个流浪者终于找到了家
老船也享受这种感觉
尽管它无法再流浪，尽管它无法再靠岸

病　友

患着一样的相思病
只有故乡的河水可以入药
没有河水,他就喝酒
连咳嗽也沾上了土腔

一路颠簸,阳光成了曲线
他脚不沾尘地离开,再离开
河水流得很远很远
甚至拐过的弯比他还多
昨天,早已成为大海的一部分

风继续吹

我把乡情
寄托在潮湿的海风里
有个声音时疾时徐
令故乡的山水
纷纷呈现出鲜明的起伏

我的眼泪还原大海的味道
咸涩,是渔村生活的源头
卑微的一颗盐粒
浓缩了一场海啸和一次决堤的哭泣
海风于是背负得更多

是否再继续靠近
她的温柔会托起我的少年和青年
至于老年,我不介意变成浑身坑洼的礁岩
在体内养殖一些海螺
偶尔吹响尚未遗忘的旧时的号角

晚霞没入蓝色的血脉
海风继续吹,乡情继续逗留
朦胧的夜色开始长满水汽
同时,在推开窗户的人的掌心
划破几道晶莹的口子

渔民的儿子

当我意识到
要安分守己地做一个渔民的儿子
我的户口早已沥干海水二十年
当我在一个小县城,和一个更大的城市
学习、工作,生儿育女,甚至预想了身后事
我的鼻腔里却灌满咸涩的海风
偶尔红肿的双眼,不断蓄起与海水同质的液体

我依稀记得第一次乘船
海面风平浪静,我的内心波涛汹涌
那是我第一次承认大海的身份
第一次承认自己的出生与水有关
这种漂泊的感觉格外踏实
或许,是因为我的祖先
在一波紧接一波的海浪冲击下扎稳了根

如今,我依然能望到海
但更多的时间,需要怀想往昔大海的辽阔
来缩短一道目光从城市到渔村的距离
我的年纪越来越大,而我
越来越渴望重新做回渔民少不更事的儿子
当某一天意识逐渐模糊
逐渐干枯的味蕾,还能尝到海水曾经的咸味

关于灯塔

我写了太多关于灯塔的事
那么多船,消失在一束光里
有时我能探测到风暴或者深色的海水
而在岸上,日出与日落往往无差别

我惯于称呼它孤独的战友
像一棵树,扎在没有根的石头上
它属火,属钢铁,属悲悯的思想者
在安静时默默蓄力
一丝一丝艰难地挤出黑夜里的光

那些远行的人,终究都没有走远
他们出生,同时埋好了自己
我看到有人在唱,在流泪
只为了送别身体里最小的一部分
而这同样是被命运所关照的
再卑微,也需要光来表达

集 装 箱

在某个大型港口
房子一样的集装箱,搬来运去
它们在海上漂,忘了自己原本是铁
坚硬的属性被改造成淡漠与服从

它们不了解大海有多深
一阵波涛起伏,以为就是全部
漂泊数日,到了新大陆
铁皮箱子就变成木箱子、纸箱子
变得更加容易向生活服软

或许,只有生锈时才能想起自己
随波逐流的日子,湿气太重
太多隐患一点一点塞进关节里
直到终于忍不住,喊出第一声"疼"
沉重的集装箱被丢弃在某处废墟
而此刻,它们看起来更像一块坚硬的铁

沙滩上的老人

退潮了,大海
浮现出最真实的一面
老人的影子
覆盖了他来时的脚印

他艰难地走过六十年
面对一阵海风,却犹豫了
此时,夕阳还没有老
沙滩上的贝壳依旧泛着光
让他想起年轻的水手

一个沉默的海螺
骨子里却荡漾着一片海
他仿佛听到自己体内的声音
回荡了几十年
这一刻,才真正辽阔起来

他的目光追上一只海鸥
直到投入海平面的尽头
那里有一艘小船
那里有一座灯塔
或许,他还渴望有一些风浪
生活本不该是一潭死水

海 边 行

正是涨潮的时候
海水一层一层地涌到脚边
空气中弥漫潮湿的咸涩
我忽然有种吐露隐私的冲动

远方有人在鼓动吗
海边行走的人似乎都敢于赤裸
你说涨潮是为了掩盖什么
但这里只有乱石,只有泥沙
只有上不了岸的某些孤独的渴望

我慢慢退回岸上,潮水
已经淹没了空寂的乱石滩
海面比刚才平静了一些
但我知道,潮水依然在涨
那些沉没的事物
总会再次浮出水面

包容那些哀愁的事物

包容那些哀愁的事物
像天空,像大海
乌云里的手甘愿被光灼伤
浪花碎了,桃花爬上岸

一棵许久未曾结果的柿子树
让我想起一位可怜的母亲
落叶纷纷安慰土地
那些被风吹散的良知
找到了各自归属

它们不是弱者,不需要同情
而时间那么现实
皱纹与裂痕,野蛮生长
一场雪就让我们格外心疼
是因为覆盖了太多东西,还是
因为苍白的事物,总是无力辩解

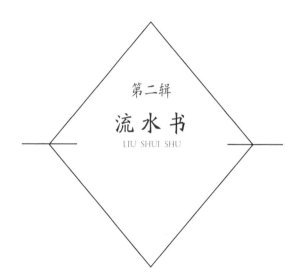

第二辑

流 水 书

LIU SHUI SHU

流　水　书

我拖着缓慢的身躯,爱着万物
胸口总是起伏着天空的颜色
高山为母,大海为父
我矢志要做思想广阔的人

无数的黑夜拉扯我
但我依然奔入更深的黑夜
听说孤独可以把人磨得更锋利
疼归疼,我还是不断撞开顽石
把一身柔弱磨成硬骨头

至于光阴流逝,和我无关
落花、落叶,总是要珍惜的
睡不着的日子里
我学会了与岸边的人谈心
有人说我长得像月亮
嘿,月亮又哪儿懂得生活呢

远去的事物

那些远去的事物,知道
哪一刻最美,哪一刻该离开
背影拖长了,就越来越走不动
我们往往站在某座山的对立面

盼着开花、结果,再落叶归根
远去的事物,最明白归来
浪花上岸就消失了
大海却一直没有退下去

我想叫它们游子,但它们没有愁
流水只在身旁静静地流过
太重的东西都不要带在身上
就像一粒尘土,那可是家乡的土地

台风之夜

如果我的心能再平静一些
或许，可以感受到渔村微微的颤抖
就像一个弱者与命运起了冲撞
风暴不在海面，而在
挣扎，甚至挣脱的一刹那

可以想象海岸线的曲折的由来
必然是经受了不断的撞击
我不知道多少岸沿因为抵抗
而成为自己脚下的骨灰
此刻，我只关心距离家门不远的
一间未曾上漆的海边老厕所

浓墨般的夜反而淡了许多
天空泛出一层茫然的白
我想，这是否会出现在
一个劫后余生的人的眼神里
他本质上也抗拒命运
但心中仍保留一丝侥幸
保留着未曾获知答案前的犹疑

父亲的来信

当我打开父亲的来信
猛然间听到几声短促的咳
嗯,是父亲的笔迹
简洁、开阔,绕着烟味
其中潦草一笔,该是他咳嗽时落下

他从不提起家里的近况
只是问我,还有什么需要
父与子的交流,比任何对话都短
我甚至感受到每一个字背后的沉默
这种关切是最用力的
一度让我被愧疚压得窒息

我翻出手机,想立刻打给他
强烈的窒息感又开始作祟
一个年过半百的男人最希望听到什么呢
我又想到他的胃病和肩周炎
曾替他买过的药名还记在备忘录里
这是我最不愿在对话时提及的
但每一次
它都很好地化解父与子之间的沉默

流　泪

现在,只有感动才能让我流泪
伤心、病痛、受辱,越来越不成理由
身边的小事慢慢重了起来
而泪水轻过任意一句温暖的话

我觉得,一个人的泪是有限的
留一点给故乡,留一点给亲友
还要,留一点给素不相识的陌生人
哭的时候尽量不要颤抖
一滴泪水就可以多流一阵

对于感动,对于流泪
能珍惜就多珍惜吧
我们眼中的火正悄悄收敛
白发、皱纹,不断替代那些爱哭的岁月
当我再照镜子的时候
红肿的双眼会让我格外心软

季节的恩惠

流水不急,赶路的人也不急
每一朵花还在挑选合适的颜色
天空越蓝,我就越惭愧
曾经的错事,还有太多没反省

一直沿着小路走
软软泥巴像大山一样围住我
但我不会迷失方向
有风带路,有诚实的年轮
阳光轻易照透了我和一片绿叶

果子还没熟呢,劳动者
把它们轻轻搂在怀里
宽容是这个季节最大的恩惠
弯腰的身影在大地上越来越多
我忍不住摸了一把土
竟然,摸到一阵不紧不慢的心跳

生活的漏洞

月亮太圆了,思念就不完整
我们随时要修修补补
生活的漏洞可多了
谁知道一脚会踩碎几片瓦

屋檐挡风挡雨
也挡住了一半天空
我分明已经走得很远
但除了越拖越长的影子
没有半点水土不服

闻到烟味,我依然只想到父亲
他的沉默填补了多少黑夜的寂静
或许生活真没什么可说的
笑过,哭过,月亮西下
思念只是一种想象里的圆
很少有人拿着火把,照一照它的残缺

菜 园 子

小小的菜园子围着一排木栅栏
风一吹,"吱嘎吱嘎"
几棵青菜的叶子微微泛黄
老人把它们摘了,裹进余生的日子里

栅栏就是一道小门
关着老人的春天和时光的仁慈
在这里,出生,死亡
和谐得就像两滴水
滴进土里,湿润一颗种子

青山、河流,不经过这里
菜园子像个隐秘的花园
只有风悄悄翻过栅栏
为老人梳理每一条皱纹
像在为刚出嫁的姑娘梳妆
这里,是她最美的婚房

水乡慢步

这里有湿漉漉的脚印
这里有湿漉漉的乡愁
没坐过船的人会晕

它连着很远的地方
但这里的人,总是走不远
回头就能看到来处
一路上,尽是些没讲完故事的桥

怎样呼吸才合适呢
用嘴,或者用皮肤
如果有一条足够深的巷子
屏住呼吸
就能慢慢品尝到酒味

这里多雨,也多邂逅
时光是淡淡的水墨色
写信的人还在惦记鸿雁
我知道
日子已经慢下来了
平静的水,也会越积越多

黄昏的光是顺从的

你说黄昏里最适合吻别
最适合像落叶一样悄悄离去
此时,光是顺从的
没有哪一刻比它更接近生活

忏悔的人得到原谅
病入膏肓的人满脸安详
此时,光是伴着烟火气的
它有足够的慈悲和怜悯
敢称呼"我的孩子"

同样,黄昏里也适合回家
门都是敞开的
鸟儿不再挑剔南方或者北方
天空慢慢睡着了
黄昏从一片光变成一盏灯
把你手中的痕迹照得更加清晰

河流的一生

溯源,非常艰难
我不是活在记忆里
但总有一座高山,高过视线里的云
仰望时令人颤动,死后有了皈依

如果,能一直走下去
我的子孙会有更大的胸怀
看过蓝天,再看一看海
血脉里的家族史
先澎湃一阵,最后复归平静

终于,我找到祖先的尸骸
一次次不为人知的迁徙,沉默而悲壮
它们用泥沙改变历史
用生命来冲撞愚昧者的堵截
直到粮食丰获,秋天变得更温暖
它们悄悄转一个弯,望着高过云端的那座山

渔村造船厂

偶尔,还会艰难地扬起零星的火花
像一个加速老朽的中年人
在渔村最西端的一片滩涂地上
喘息着,回忆着,甚至悔恨着

这是村里唯一的造船厂
曾经红火,如今却被更年期折磨
沉默多过打铁声与咳嗽声
多年昼夜颠倒的恶习,终于
让一个痛风的人
握不住一块坚硬的船骨

我曾在船厂拾捡废弃的铁片
凌乱的现场格外生机蓬勃
我知道它会定期养出一艘船
就像门前的潮水,始终涨落有序

而现在,它时常关闭铁门
关闭一条产道和一段愈发模糊的记忆
即便偶尔听到两记打铁声
我也只能联想到
一个透支了青春的妇女
在生活的压迫下蜷缩着前行

晾 鱼 滩

它应该有更适合的名字
用来晾鱼,也用来晾一晾
渔闲时分海边人的琐碎家常
晾鱼滩只是我对它未经考证的随意称呼
一堆乱石,一些枯槁的苇秆
不足以让我庸俗的目光抬高一些

它的西侧是喧闹而繁忙的码头
东侧则静悄悄地,从它粗陋而坦诚的身体
长出更多乱石和枯槁的苇秆
晾鱼的妇人时常把鱼排在地上
嗅着阳光里的海的味道
风干自己身上多余的水分

我不止一次联想过这一滩空旷的乱石
与那些被覆盖的滩涂,退了又进的潮水
究竟存在着怎样的因果
而每当我走过码头,看到
那些爱唠叨的妇女平静地坐在石块上
我心中的疑问,忽然间消失

褪色的邮筒

绿漆脱落了一小半
多少心意还未来得及传递
这条小路并没有荒废
走的人少了,风雨依旧如初

褪色的邮筒显得格外刺眼
像时光致一封沉重的信
不断衰老的事物
不断回顾昨天那句话
如果当初还在那里……

对它来说已没有远方
对很多人来说,远方永远无法到达
我们只想和老朋友再聊聊天
趁着眼泪还是热的
把拥抱完成在黑夜里
分道之后,各自等待黎明

开　锁

锁住的,当然是秘密
打开,禁不住风吹
在门口站了很久,掏钥匙
有人还一直站着,有人离开

透过狭小的锁孔
我只能看到一片漆黑,就像
深藏在夜里的不为人知的事物
好奇促使我靠近它
而颤抖的手,让钥匙失去了准头

谁说这不是一种闯入呢
钥匙也可以是一把刀
开锁,撬开裂缝
心虚地伸出手去试探
我并不想要什么答案
只不过,怀疑成了活着的一部分

一枚枯叶

它正巧落在我的鞋上
像某段安详的遗嘱
一道光理顺对人间的回忆
一枚枯叶理顺春去秋来的命运

叶脉上有些黑色结石
我怀疑无数个夜里它忍痛发光
死去,而不肯腐朽
这些年经受的烈火,终于
唤起了卑微者的尊严

它是与时代共鸣的,我相信
那么热爱土地和流水
怎会忍心脚下一片荒芜
还是多听听秋风的叙述吧
每一段家族史都交给一枚枯叶
关于生存,关于死亡
关于无休止地重复某种迁徙

遇见一条河

我猜它转过了十八道弯
像一个成年人一样
不再冒失地去硬碰山岩
河床越来越宽阔
与泥沙同行的日子
一面妥协,一面稳稳地向前

此时,我朝西,它朝东
都在远离出生的地方
身上偶尔还能闻到曾经的土味
翻过山岭越多,越能
理解那些沉默一辈子的石头
看着熟悉的路变绿又变黄
时间,不再是威胁我们的刽子手

致异乡兄弟

大部分路与风景都在起伏中流逝
我们眼中的小光点
小于瞳仁,大于整片夜空
从你嘴角流溢的风
我始终认可它的方向
一条河,一支火把
不断重复着我们之间的拥抱

那个漂过了无数个夜的酒瓶子
兑点星辰,兑点水
从不喝酒的两个人
此刻,连影子都烧了起来
远方开始摇晃,并渐渐脱离地平线
我知道那是因为你喝得太醉
醉得甚至把持不住心底尘封已久的火山

月饼模子

老家的杂物间里
还闲着一副月饼模子
我也曾亲手印出过几块月饼
但,早已被岁月吃光

那时母亲手巧
做月饼,裁衣服,还能养家
时常在外奔波的父亲
总爱忍着饿,回家吃饭

母亲的手艺和中秋月光一样明亮
月饼模子印出我们的期待
至于味道,有一种就够了
陪家人静静地赏月
这平淡似水的人间至味,挑不得

多年以后,我尝到越来越多的苦
月饼模子沾染更多尘灰
而中秋的月光,依旧洁白如雪
偶尔看它落在父母的头上
亮得有些吓人

海上生明月

遥远的浪潮声掩盖我的心跳
背井离乡的人,是海上一阵风
星光被温柔的海水揉碎了
那个坐在窗边的人
把一颗心揉得光亮而疼痛

一艘船漂着,一个人漂着
没有更多声音能被载动
夜色微微颤抖
心虚地拉开一道门缝
黑暗里的囚徒犹豫地捧住光
我,宽恕了畏缩的影子

海面越来越平静,仿佛
一块自省的石壁,还在不断自省
月光圣洁,慢慢擦拭人间烦恼
我没有看清,它到底
怎样把缺失的部分弥补起来
那究竟需要爱多少人
才能仅仅维持弱不禁风的一小段烛火

眺望时光的尽头

等草尖上的露珠再多睡一个黎明
等小路上的脚印再多踩一地雪
我还要耐心等着,看天空的皱纹慢慢变多
你瞧,阳光是不是越来越慈祥和啰唆

写信的人用枯枝写在土地上
不染尘埃,就能看到一朵花的生长
遥远的风声怎样才能让人相信
草也动了,心也动了
脚下的流水也绕过一个弯

守规矩的人说,路越走越窄
有人还等着,有人回头
但看不清的时候居多
时光从没有逃出过那条缝
我站在山上,眺望河流的尽头
河流消失了,太阳照常升起

故乡桃花

桃花是故乡的一张脸
见谁都笑
水汪汪的眼睛里尽是情
我呢,早就飞不动了
多少个春天,不敢和它说 一句话

阳光还是那么直白
鲜艳的色彩一晒就化作水
接不住,索性吻它一口
花苞已经撑起了春色
少女的心事,又有几个懂得

五　月　里

过了四月，我已不再是少年
花草湮没早春的歌声
阳光长了，影子也长了
一片绿叶黏在天空上

在雨水中活下来的
最终都皈依土地
它们也爱着黑夜里的光
将卑微的虫鸣
当作一辈子的定情信物

而更直白的落日，为一切都卸了妆
心里有火，天空就有颜色
云朵慢慢飘散，时光变老
我知道它们还眷恋春天
但没有人停下来，草尖上的露珠
一次次收回世俗人的目光

渔村旧事

小船上摇晃的身影
在摇晃的小船上
撒网,静听
红日为滩涂抹上一层温暖
几个少年赤脚把阳光踩入泥里

浪花洗涤着岸边凝固的时光
穿梭在石缝中的鱼儿无法理解
每一个泡沫都是一次疑问
水中没有时间的概念 抑或
是渔村的一切都太过缓慢

停泊在老屋门口的竹排
显得有些力不从心
撑过了三五年沧桑风雨
如今早已退居二线

听说从前这里没有渔船
滩涂比村里所有长者都要年迈
每一天网罗的简单幸福
都足够全村人共同分享

渔　民

他们也有响亮的号子
那是他们赤裸生命里最清晰的原声
每一刻撒网的瞬间
那些日趋干裂的诉求与坚持
都会再次体验被咸涩生活绞碎的锋利

有时他们在海浪的弧度上收拾渔火
舔净泛着鳞光的双手上的铁锈
海鸟把这些漂泊者当作石头
而他们与石头唯一的区别
或许,是更加渴望在风雨中分解自己

他们喝酒,吵架
在搏击浪头的时候善于隐匿骨髓里的怯懦
他们的舌尖早已长出水草
退潮之后裸露的滩涂地
是不断在喉管里请求反刍的执着

他们从冒险的传统里学会了更多沉默
学会了在暗礁上平衡现实和欲望
刀刃般的掌纹随时握碎命运
而他们,却始终学不会
对岸边的思念,轻拿轻放

致 远 方

从我所爱的说起
亲人、粮食,以及远方的问候
他们都是绘在红旗上的星
迎风飘扬时,我体内的炽热
足以燃烧目光所及的每个昼与夜

我渴望跟随风姓
那里有自由和宽容的种族
退化的翅膀依然抬高我的双目
地平线,远山
不断累积成脚下昨天的厚度

在远方招手的那个人
也是我跋山涉水的理由所在
我们互相递送祝福
互相以陌生人的身份
换赠各自故乡的一句方言,一抔土壤

边疆的花草、荒漠,我都一视同仁
如同对阳光和霜雪,我一并敞开怀抱
界碑,终究无法界定拥抱的深度和广度
而这只是我致远方的
一次简单而匆忙的回礼

慢　时　光

并不是上了年纪
才有资格说慢
我已经越来越喜欢饭后散步
在安静的湖边,或是公园

没事就慢跑,锻炼
有时候坐下来
容易思考一些无意义的问题
陪着家人的日子叫作生活
生活以外,写诗,找文学

这几年习惯了低头看路
脚下的石子,轻轻拨到一旁
远方不再那么重要
我喜欢的事物,越筛越小
直到仅剩下一阵风、一缕阳光
和一扇愿意为我开着的门

有几朵花没开

我留意到,有几朵花没开
那不是一种矜持
倒像对生活的无所谓
它们或许不愿被大浪吞没
随季节活着,但不随季节姓

它们的心思不重
总也要开花,总也要凋落
只是有一群蚂蚁在它们根部爬过
这些劳累的搬运工,看起来很快乐
它们于是就多了一些想法

关于秋天

秋天,落叶一遍遍重复着
对大地深沉的爱
人间一遍遍重复着悲欢离合
以及消逝者最后的劝诫

一阵风落到枝头,又落到我手上
陌生人也得到善意的馈赠
昏黄的秋天并没有陷入昏沉
鸟儿飞过山川,找到家
红脸的小姑娘被苹果轻轻砸了一下

谁还能比这秋天更有母性呢
天空那么高,清浅的溪水
依然把云的影子喂得白白胖胖
田野里大家都弯着腰
一群对生活满怀感恩的凡人
在为辽阔大地的灵魂接生

父辈的故事

他们确实千篇一律
从堆积的苦难里艰难扒开泥土
这些故事都不加修饰
像粗糙的谷粒，卑微却豁达

他们双手脱下一层又一层皮
有些背脊隆得比山还高
当然，他们也爬过更高的山
风雪天、晴朗天
都曾光着脚在田野里跑

面对灾难，他们是坚硬的石头
风吹雨打一辈子
养成了时而沉默的习惯
刀子在脸上刮过，就多几道皱纹吧
谁没有尝过生活的锋利
谁没有忍住一声痛的倔强

迁　　徙

这是个宏大的词
适用于历史、潮水和某个族群
偶尔看到艰难飞翔的候鸟
这个词又让我生出某种徒劳

我搬过两次家,而我的祖先
听说从福建漂洋过海来此扎根
这比南迁的候鸟更不值一提
而渴望家族史活着的人
总是愿意用宏大的词往脸上贴金

很多时候,迁徙有着被迫的意味
风雨追赶安静的阳光
死亡追赶活下去的信念
而某一片陌生的土地,终究
会等来新的迁徙者,像风中飘落的叶
绿过、黄过,继续长在春天里

老　街

紧贴着一条缓慢的河流
老街，可以慢得理所当然
挤满了手工艺品和小吃
却没有弹唱的街头艺人
也没有，与铺成地板的青砖
一同被雨水侵蚀得坑坑洼洼的吆喝声

仿佛一切都是越来越新的
老街走不动了
就被落在城市的正中央
这里的时光狭长
盛不下对生活的一句宽慰
很多老人闪烁着往日的影子
把一些片段，还给那个逐渐失忆的人

怀 旧

不知怎么
越来越怀念旧日事物
那么多不起眼的记忆
有了潮水的节奏

于是,爱上写诗
于是,爱上看日历
我没有一面挂满老照片的墙
只凭断断续续的日记
推测那时天气和我的情绪

越远的事物越容易拉回来
我从没试过把手伸得这么长
读书,工作,有了孩子
余下的人生几乎可以望到尽头
这也是怀旧的主要原因吧
我只不过想多活一遍

慢 火 车

慢的事物,都有它的轨迹
像一颗种子,发芽,开花,慢慢向上
绿皮火车拖着草原上的落日
把陈旧的时光,一节一节运到远方

北国的雪还没有落干净
绿皮火车还在艰难地辨认回乡路
一个孩子趴在行李袋上睡着了
成长,仿佛比一切都要慢

"隆隆"声是最漫长的家乡话
压住了那么多人一辈子想说的
路上,风雨成了屋檐
两手空空的我们,反而走得更慢

秋天,总是会留一个角落

秋天,总是会留一个角落
留给人后悔或者谅解
窗沿上有几枚干枯的银杏叶
仿佛被遗忘的,又或是一种新生

它说它们不会走远
不然,秋天该怎样结束呢
落叶覆盖了荒草和远行人的痛
还在风中祈祷,赞美
亲吻大地的伤处和一双冰冷的手

阳光洒在落叶上
我隐约听到"滋滋"的声响
它们互相辩驳,却又互相成全
这样的默契让我感动
寂寥处,就该有钟声的
被撞的地方,就该是更加宽阔的

还给天空

还有什么可以还给天空的
我实在欠它太多
不断从月光里抢走思念
飘向天空的花,也摘了不少

天空越来越空
一只鸟都显得格外庞大
风啊,云啊,扯走大片蓝色
多少人在这里飞过了
却只字不提

什么时候我也能这么豁达
除了空谈远方
一场雨并不能让我满足
当天空真的一无所有
我还能抱着什么
还给它,月光还能再亮一些

脚　印

石头的脚印埋在泥沙下
百年,千年,刚刚走到山脚
而山脚下,那棵光秃老树
在原地踩碎了数不清的光阴

时间到处飞,忽而扬尘,忽而落叶
阳光依旧薄如纸,多踩几脚才会变厚
村里的人走进城市,城市里的人
走进一座比村屋更小的房子
只有路,没有脚印
地面上,偶尔看到风吹过的痕迹

第三辑

远在故乡

YUAN ZAI GU XIANG

草木之心

它没有看轻自己
紧紧贴着地面
不过是太想家了
那些来自河流与风的
琐碎的家常
并没有让它嫌烦,许多
卑微者的故事都埋在泥土里
它一边听着一边成长
感恩这世界如此广阔
却不乏对渺小事物的关爱

外婆的旧居

外婆的旧居,还在
院子里一口老井,水还未干
葡萄架和乘凉的人
埋在土里,或又长出了种子
杂草、蛛网,都被清理
而某些角落的灰尘,依旧熟悉

我曾与母亲住在这里
屋外,满眼稻田,处处童年
那时偏爱秋天,常嫌时间过得太慢
几阵秋风,外婆老了,房子旧了
农事被日历收藏,我的耳边
越来越多流水的"哗哗"声

远在故乡

草越来越黄
村庄越来越瘦
出走的人多过回乡的人
连脚下的泥路,都快干了

大片橘子林被砍
农户都改行做小生意
耕田是不能破坏的
但疏于照顾
很难再长出一代人的童年

炊烟已讲不动故事
很多人不再用方言交流
第一次离开
我就感到再也回不去了
他们在外面会不会都这么说
我的亲人都远在故乡

白　　事

村里的白事比红事更隆重
要总管,要吹拉弹唱
哭的人也有讲究
整套流程肃穆、体面

有钱人多唱几台戏
不唱戏的,就吹弹一宿
守夜的时候
可以吃喝,可以打牌
但人一定要多,辈分不能乱

送行时,先绕村子一圈
走得安心了才能福荫子孙
村里的公墓地面开阔
我想这应当是好风水
漂泊的人可以望到自己的归处
逝去的人,依旧春暖花开

冬日的一幅画

这个温暖的午后
就连阳光也是雪白的
刮在脸上的风
像绸布一样柔和、细腻

没有人费力揣测
枯黄的叶子为何依然有光泽
这是大树与土壤的秘密
阳光、风,也都参与了
却没有破坏一点点宁静

红透的果子是寒风的良心
引导那双勤劳的手去捂热生活
接下来的日子里
还有几只过冬的麻雀
和我一起守着一场瑞雪
并时常低头,看看遗落的谷粒
有没有单独发芽

村 名 牌

一直以为,村口
就该有一块喊得出村名的牌子
木牌、石碑,或是一个人
当我们走进村子
应当是听着响亮的喊声进去的

它往往会看起来很古板
但皮糙肉厚,硬撼时间和风雨
消失的农事或许还藏在这里
而那些常年在外的年轻人
总以为,这块牌子长得像一轮月亮

牵　挂

从没想过牵挂的滋味如此平淡
仿佛童年的足印留在乡间小路
如今，早已辨不清
被哪一丛花草的芳香覆盖

潺潺的溪水也是我的念想
曲折了那么多年，依然
对故乡的海无怨无悔

稻田上的草垛终究还在堆砌
农忙之后的悠闲时光
几粒脱谷的种子，竟然
妄想与老父一同开垦春天

而我，只希望寻找一个合适的距离
借此将我的感恩之情抛给明月
游子的情怀不可轻易触碰
我怕，它会盛开最痛的花朵

秋的训诫

风透着稻香和温暖,一阵一阵
天空被熏得又红又酥
你看那些老房子,有活力了
粮食开口说,要好好活下去

远方依旧远,但清晰可见
路上的人不会再累倒
很多事物变得越来越薄
像西行的阳光,像飘落的叶
看懂了,生活就简单一些

有人睡在田野里,有人睡在山上
收获,就是在梦中唱歌
遍地金色,仿佛最传统的训示
勤俭、谦卑,知足常乐
如果离家太远了
常回家也是个好习惯

衰老的过程

看一块石头慢慢化成泥
风啊,雨啊
还在不断落进它的身体
柔弱的草木也好
一遍遍燃烧,一遍遍枯萎
把黑暗再压实一些
疼痛的感觉让人欣慰

他们走得越来越慢
一切尽量在地面上完成
粮食又该收获了
连同落地的树叶
一并捡起来,收好
弯腰的时候多花些时间
越慢,越看得清楚
这个过程,艰难而执着

老　路

我习惯称呼它为老路
从石子,到柏油,再到水泥
时光还在一层层地浇灌
走路的人,已很少留下脚印

老路贯穿了整个村子
刻着红色村名的两块大石头
教我刻下最疼痛的两笔
痛一些,就不会忘记
从哪里来,只能回到哪里

种　　山

三十年前,他种下几棵树
三十年后,已经长成一座山
耗尽半辈子养大一座山
而他只是念叨栽不活的那棵树苗

风沙被挡住了
山下的田地一年比一年绿
这里种的都是粗粮
好养活,容易长出更多的山

他时常望一望山下
像一个坚守瞭望台的哨兵
始终不肯躺下来
三十年了,脚底早生根了

他的亲友,是这座山
他的子女,也是这座山
他只希望,当他离开那天
山上依然安静,没有哭丧的风

祖　宗　坟

听说找到了共同的祖宗坟
村里人凑钱,修路,争当孝子
半座山供给祖宗
另外半座,留着蓄水
族谱一定要重新编修
村里的老人,坚持以辈分称呼彼此
这就是一个村
脱胎于一个家的由来
我听着父亲给我解释辈分的排行
心想一个人躺着半座山,会不会有些孤单

秋风里的叙事

这个季节正好收获
这个季节正好讲故事
秋风里藏得下好多话
句句都轻,句句都实在

把粮食举起来吧
我们站着,只求温饱
房子越来越老
吵闹的孩子还在长大
这一刻,我依旧没有嫌弃
大门外那棵不挂果子的老柚树

归 乡 记

就这样站一个世纪吧
村口的时间总是格外缓慢
我从高楼大厦摆渡到了青山
却久久蹚不过
门前那条清浅的小溪

我不敢轻易迈出一步
这片土壤极易扎根思念的种子
纵然一些翅膀破土而出
飞向更加空旷自由的星空，然而
它们的归宿依旧是飘回根源的一片落叶

月光是为数不多的书面抒情语
一草一木都在学着如何表达挽留
涉及回答的情绪无非是哽咽和热泪盈眶
千篇一律，却始终占据历史的主场
仿佛自古以来不可或缺的传统仪式

枝头还挂着离别时的泪与祈愿
桃花尚未盛开，她还没有接纳
曾经的逃婚者重返家门
即便乡愁的媒妁费尽口舌，条件自始不变
"我要看到你春天的诚意。"她说

我在春天种了些什么

翻土,撒下种子
整个春天,我重复着一个动作
一场一场的雨,说要爱
清明的时候多几杯酒

我在春天种了些什么
粮食、亲人,悔恨的眼泪
当我嗅到比冬天还要冷冽的风
山河继续融化
把宽容汇聚成大海的样子

泥土越来越松软
随便走走,就是一条新的路
从石缝里挤出来的花草
把苦难的日子唱成歌
我还能有什么期待呢,只不过
把哆嗦了一整天的手,握得更紧些

给母亲梳头

轻轻地把木梳插入发间
我只想梳落那越积越厚的白雪
母亲的秀发
郁结了太多岁月和生活的尘垢
不再如当初般柔顺
甚至,会卡断木梳的木齿

轻轻地把木梳滑入发中
我牢牢按住了
母亲逐渐枯萎且易断的发根
若是我的双手能护住这残余的黑色植被
我甘愿放弃这双手的自由
把它们永远根植在母亲的土地上

轻轻地把木梳移出发梢
我默默地收起
那些终究还是断落的黑白混杂的发丝
母亲的眼角泛出泪光,而我亦然
或许为人子女的成长
便是不得不汲取这满头秀发的生命

秋天，靠在草垛上

秋天，靠在草垛上
田里的粮食已被收拾干净
我习惯了躺在这里吹风，晒太阳
做一粒人人都喜欢的稻穗

在我看来
种粮食是一种美德
养活了土地，养活了我
就连空气也被养得淳朴
暖胃，而且有种淡淡的香

尽管到田里多跑几圈
找不到比它更柔软的地方
没有人在这里喊过疼
跌倒，迷路，或是饥饿
都禁不住一阵秋风
它们终究低下头，以一种成熟的姿态

打谷场画面

淡淡的秋蝉声把天空挂得越来越高
我坐在高高垒起的草垛上
听着打谷场里的笑声也越飞越高

男人和女人,都变成一团火
大地上残余的暑气
都被蒸发为星辰般闪烁的颗粒

夕阳把这里映照得更加灿烂
一些上了年岁的老人
甩麦子的时候俨然是精力充沛的舞者

尚未脱粒的麦秆,已然溢出了炊烟的香
我小心翼翼地屏住呼吸
生怕掐断了晚归者识路的线索

赞 美 诗

我赞美劳碌的人与锋利的镰刀
他们对季节坦诚
感恩所有到来,也感恩那些离去
落叶和果实同时捧在手心
他们同属于一首歌
理当获得同样的赞美与掌声
丰硕的希望,在骨骼深处摩擦得厉害
他们不断弯腰,弯腰
把最神圣的信仰让位给最平凡的草木
我不知道除了赞美
还有怎样的诗篇配得上这个场景
秋天的风越来越宽阔
而风中的回响,越来越具有包容性

月　　下

用滥了抒情,月色就掉价了
夜,只需要沉默就好
随便走,你是走不出故乡的
流浪是个很奢侈的梦想

月光像潮水一样涨起来
漫过山头,漫过我的双眼
亲人们都该睡了吧
此刻,哪里还有匆匆赶路的人

风偷偷穿过枝叶的间隙
无意间碰弯了我手上的一缕光
前面的路忽然越延越长
是什么,在路的那头一闪一闪的
我开始好奇,也开始明白
岁月究竟是怎么折磨我们的

村里的狗叫声

入夜了,整个村子只能听到风声
或是辨不清远近的几声狗叫
村人都爱养狗,比养花养草更实用
狗叫声总能让人警惕,或心安
或时刻提醒自己还是主人
在落魄的时候,还留有一寸抬头的余地

狗叫声不会掺假,不会传是非
如果它的声音低沉而悲凄
那么它一定是个孝子
它的主人一定是个卧病在床的母亲

这些声音沾满了尘土
且不怕光,不怕黑
就像一个粗糙而结实的肺
不断咳出村子里最痒的部分

老　灶

木结构的老房砌上水泥墙
唯独没有翻新这口老灶
喝一勺清水，老人的胃口就小了
灶炉中偶有火花
照亮几条不显眼的黝黑的裂缝

大铁锅已很少大口喘气
蒸一碗冷饭、冷菜
就像小心翼翼地焐热怀中的孩子
老人坐在灶炉旁
轻轻拨着灰烬里的几片火
她手上的光非常微弱
就像意境美好的一行病句

炊　烟

当它还是一粒种子
从黑暗的泥土里爬出来
村庄还没有火苗
饥饿的人真正懂得靠山靠水

慢慢地,人们抱在一起取暖
远方有人招手,你就懂了
于是漂泊者有了归宿
零星的柴火捡成一堆一堆
点燃那些冷冰冰的村史

风雨大了,村庄也越来越大
村里的旗帜开始飘起来
到处都是鸟叫,到处都是粮食
一朵朵火苗绽放一朵朵花
疲惫的人们
各自闻到云端飘来的花香

只想和父母虚度光阴

我不知道时间于此意义为何
在他们眼中,我从未走出故乡的山水
游子都需要同一声呼唤
从骨子里溢出的嘀嗒声响
耗尽每一季春暖花开的绿意

被淋湿的距离继续消磨
他们发间日益稀薄的黑色
我的乳名与渴望远方的翅膀
始终根植在这片渐渐贫瘠的土壤
无法衡量泪水积蓄了多少流云
唯一的雷声,只是
我与他们之间一句悄悄的耳语

生命,无非于风中匆匆地往来
而他们膝下,令我
拥有更多虚度光阴的理由
隆起的掌纹
尽是不愿告别过去的故事
如果褪色成了唯一选择
我只希望先于他们找到两份彩虹

生活遐想

要有个花园,有一口井
若是种菜,还能搭起棚架
每天劳动,但不会太忙
累了,远处的山头就披上霞光

阴雨天,我们围着火炉
喝茶,喝酒,都是朋友
这里的草木都有感恩之心
每一个季节
都喂饱那些浇水的人

我们亲近,并不因为血缘
许多没有长大就枯萎的果实
都是我的忘年交
生活啊,从来没有咄咄逼人
就像一阵风逆着我的步履
只不过,是人在前行

村庄的岁月

不仅仅是山水,炊烟
就连咸透了生活的眼泪,也都钟情
村庄里的朴实和简单

这里有蓝天和白云
这里有月光和狗叫
生锈的镰刀依旧与胚芽为伍
在一场春雨中返老还童

五谷杂粮的味道清空我的鼻腔
视觉,在新绿与金黄的打磨中锤炼三十年
蜿蜒的河流在此汇入血管,乡愁
始终沸腾于每一处浪花四溅的高潮

我所说的山水是狭义的

其实,我所说的山水是狭义的
仅代表一个大一点的渔村
仅代表一座沿海的小县城

它当然是祖国的一部分
即便没有高山,即便没有大河
浙东的枪声曾令它血脉偾张
青山姓红,绿水也姓红

这里三面山,一面海
偶有台风,却很少卷起大浪
古村、古迹,都有所保留
祖辈的遗产埋在山水里
只需要记住,不需要拿出来炫

故乡的故事

很多时候,故乡的故事
少了一杯酒
我不是爱喝酒的人
但我相信,他们的醉话更真实

来来去去只有一场雪
风一吹就化了
分针、秒针,都没有声音
只有我的脚步声
一阵一阵冲撞内心

扯远了就很难拉回来
故乡往往说不清它的边界
故事里的人,越少越好
很多人都只是皮影戏
在幕布后晃一晃
从来不曾摸到过他的脸

种　　瓜

在两边花坛架起架子
不懂农事的父亲种上丝瓜
他说亲手种的，卫生
我只知道，他一个人住太无聊

瓜藤逐渐爬满架子
父亲时常发一下朋友圈
黄色的小花透亮透亮
仿佛家里阳光很足
又或者，父亲笑得很灿烂

母亲的词性

母亲是名词,母亲是动词
但我更愿意将母亲看作形容词
在每一处温暖的修饰成分
挂上"母亲"的前缀
词句因而脱离冰冷的平面
垒起温暖而充满生气的小屋

我用口语也用书面语来表达她的含义
不管语境如何,她的色彩
总是被无私和爱填充,一如阳光与火焰
照亮黑暗,取暖严寒

我不舍得用她造句
因为我怕流泪的速度赶不上语速
生活却总是迫人说出那最无奈的一句
时光变成年轮,而她
则成为我们最感慨的语气词

三月到了

好了,三月到了
又该亲吻门口这片地了
把你们的茎和叶都抖出来吧
皱成一团的绿衣裳
真要好好再多熨几遍

我总是喊错你们的名字
什么草,什么花,都是春天的样子
下一场雨,你们就笑个不停
几声鸟鸣,几首诗
都不够这群小家伙分的

山也醒过来了,枯萎的河床又活了
爱讲故事的人重新开始讲
你们各自捧着新鲜阳光,想换一副翅膀
那伸长了脖子急不可耐的模样
就差竭尽全力把"自由"喊出来

随　想

凤栖梧桐,让我相信
火烧不断一枚枯枝
落叶使天空震撼
原来有那么多敢于舍弃

空空如也的枝条
再舒展,就成了空旷的怀抱
它一定拥抱过太多伤心人
以至于喧嚣,人间烟火
都近不得苍白的树身

风啊,学着宽容点吧
不要什么都带走
树下的人渴望抬头就能看到些什么
某个清晨,我忽然看着梧桐发呆
树上一只鸟也没有
它该怎样熬过冬天的那把火

一 阵 风

一枚树叶
飘着飘着就没了双脚
阳光掉进大树的影子里
恋家的人,总是匍匐前进

悄悄的风啊,悄悄地
吹起一些沉重的话题
我在大树底下等一个人
却等来一场雪
和一颗伸手也摘不到的果子

天边开始泛红,开始泛黑
我眼里的光被吹散了
四周寂静,只有时间与河水在流动
又一枚树叶踩过我的肩膀
疼痛的不只我一个人
远方和脚下的泥土,都在战栗

没有受伤的田野

像夜空,像即将飘落的秋叶
它们都是被仰望的
至于沉重的生命
往往,一句话就带过了

它们说得很轻,不愿
渺小的我和渺小的万物太过震惊
哪里有水,哪里就有呼吸
那些偶尔变幻的天色
绝不是一阵风沙可以遮掩的

我踩着昨天走过的路
继续寻找还没有受伤的田野
那里种子长得很慢
但时间却很公道
每一棵树都能分到一枚果子
饥饿的人,首先想到希望

江 南 荷

非得是雨后才能看清
江南人的个性与一朵荷花
非得是隔着静默的月色
才能听到发自心底的一丝颤动

它高于江南之水
却从未沾染半点涟漪
所谓清白
简单不过叶间一粒闪光的露珠

小船、石桥,清淡的生活
太多事物不必带出水面
唱着民谣的人,坦白了一切
君子无不可对人言

有些地方还没有照到光
绿色,也沉在那里
最初的劝慰来自淤泥
它一边成长,一边消失在我眼里
就像一个最美好的身影
越是走近,越是朦胧

乡村慢邮

（一）

在乡村,这道绿影就是娓娓道来的春天
奔跑的风声从马蹄被卷入车轮
时光不疾不徐地拉近远方和思念
从你手上流过的花香
氤氲了多少渴盼窗外的眼睛

孤独的行者恰是希望的见证
饱经风雨的翅膀
护佑每一寸备受折叠的阳光
你的征程,从来不为自己凯旋
就像茫茫雪野上的一枚绿芽
意义在于整个春天

（二）

乡村没有太多秘密
溪水、鸟鸣,以及你手上的信封
人们更愿意以炊烟交流黄昏的话题

落日下你从未停歇的身影
却留住了天边窃窃私语的流云

绿色行囊仿佛时间的通行证
这里不会有迷失的文字和声音
你总是小心翼翼地途经乡亲的内心深处
把明媚的日子及时投递到
所有人都可能遗忘的角落

（三）

你的流浪与人间烟火无关
那是满怀悲悯的鸿雁曾飞过的痕迹
儿时的泪，远离故土的叮嘱
都绕过村口守望多年的老树
从一枚小小的邮戳带出尚未褪色的温情

你的指尖萦绕着多少人回家的距离
一页单薄的家书，一场血脉的救赎
再漫长的岁月也被踩成乡间小路
那些退潮时候搁浅的故事
都是你毕生采撷的美丽的花朵

（四）

如果信念在这一方狭小的天地靠岸
我们会把风中的漂泊

时刻铭记于那绿意淡然的世界
那里忠诚地刻录我们各自的年轮
而你的掌纹
是我们心情最真实的还原

你的眼里有日月,有星辰
有两颗心碰撞的火花
有两双手互相递送远方的牵挂
喧嚣似乎离你很远,很远
有你的天空,始终不会漆黑一片

第四辑

县城与村庄

XIAN CHENG YU CUN ZHUANG

县城里的我

总要对这小县城说点什么
我在这里工作了八年
买了房,结了婚
总算有点爱好撑起平淡日子

没什么打算,顺其自然地活着
适当留点尊严,其余的用来赚钱养家
小县城的节奏慢,我也走得慢
它更像是一个大一点的村落
水泥还没有浇透
也很少有人,和我谈论乡愁

想起父亲

相比同龄人
父亲的脸并不显老
只是越来越多的黑发染尘
缩在关节里的疼痛,更加反复

他的胃一向不好
和他顽固的脾气一样令人担心
母亲在县城里帮我带孩子
我怕他又会随意地解决三餐
然后一个人在被窝里捂着胃,彻夜难眠

他偶尔打电话来问候几句
却不愿和我们一起住在县城
一个害怕孤独的人却习惯了在孤独里挣扎
抽烟、咳嗽,或许能缓解沉默时的不安
但我更希望他能出去走走
把他的胃病和烟瘾带出家门口

软　肋

我偶尔摸到自己的肋骨
一根，一根，竟数了起来
这手感就像易断的琴弦
清晰，而又掩藏着一声无奈

它们好像越来越软
像我逐渐年迈的父母
像我尚未识字的女儿
生活，以及生命的年轮
总是不断铭刻，遗忘，再妥协

有时候深吸一口气
肋间会隐隐作痛
但女儿还在睡梦中笑出了声
仿佛世上的快乐都压在她身上
而那些数不清的感动和泪
我也将一一还给父母

清晨令我格外有耐心

第一缕阳光,第一声鸟鸣
女儿苏醒的第一个动作
清晨令我格外有耐心
等待身边最寻常的每一幅画

此时,我的眼睛不是我的
它比我敏感且宽容
生活的软肋,可以轻轻触摸
炊烟开始滋养天上的云

微风似歌,草叶一蹦一跳
昨晚的故事收进露珠里
你看,地上的影子也醒了
摇摇晃晃地寻找一双脚
不相关的事物逐渐有了交集
我眼里黑色部分
总在此时成为光的来源

贴近后窗的一棵树

某天清晨,我意外发现
靠近后窗的一棵树断了半截
夕阳倒是遮不住了
有些声音,却越来越远

雨打后窗,成了独角戏
再没有树叶贴在窗上
忽然间,少了被瘙痒的感觉
我已经习惯窗外的树影
那种不请自来的孤独感
至少,曾被一窝刚孵化的小鸟啄破

茶 馆

这座茶馆不大,楼层也低
仿佛蜷着身子讨生活的人
街上多是爱喝酒的
而它,看起来并不愿意醉

开张三年,不长不短
一杯茶的时间,远不止这些
有人把心情留在这儿,带走了茶香
我一边品茶,一边看书
很快就忘了自己读过什么

大多数时间,茶馆里安静
阳光透过玻璃,变软了
有人喝茶,有人喝味儿
有人只是静静地坐着
在一间小茶馆里
找到了曾经丢失的旷野

无　常

树叶动了,能看到一阵风
阳光下的我略显安静
大门一直是敞开的
轻轻摇晃,却不影响陌生人进出

春天依旧来得准时
路旁,海棠花没有丝毫隐瞒
生病的人该多出来走走
几条柳枝抽芽了
前半生的秘密忽然失去意义

这里还是人间,你看
天色暗了还有明艳的花飞起来
鸟儿带来听不懂的问候
令人格外愉悦
我只管无所事事地望着天
把浪费时间当成至关重要的一部分

黄昏的仪式感

黄昏,总让我有种特殊的仪式感
天色渐暗,沉默的事物
有了更加庄严的面相

太阳沉了,必然
还有一些事物也沉了
对话的方式改变
需得接受,某些对你的拒绝

影子升起来了
孤独和诗同时点燃火把
此刻,我在灯下徘徊
要继续走吗
但我还没有确认自己的信仰

周围的声音越来越轻
直到清冷的月光被轻轻踩碎
终于可以撤下面具
我使劲地挤出一丝笑
像是要完成
某种神圣而艰难的仪式

户 口 簿

已经换了三次户口簿
读书、工作、结婚
没有一本地图比它更小
就两三处风景，我还认不清

我是沿着它的路走的
或者说，它是我边走边画的
那么多年，故乡弯弯曲曲
早已记不清了
在哪些路口，下过几场雨

亲人的照片呢，我觉得
应该贴进户口簿里
一抔泥土就等着一粒种子
那些压着地图的沉重的红印和黑体字
从来不知道我叫什么
儿子、老公、父亲，又或者
某个迷路好多年的陌生人

时间的表达方式

时间的表达方式
要么是光,要么是黑暗
要么同时用着两种方式
而我总是选择式聆听

我安于看到过去的事物
流水在脚下,而大海很远
千千万万的落叶
也许只代表同一棵树
这让怀旧的人有了皈依

我极少揣测黑暗中的事物
它们存于过去、现在、未来
也存于我的无知、惶恐和不自信
即便闪耀的星辰够亮
我也不愿意和夜空对视太久
因为我实在无力对沉默作出辩驳

小区对面的钟楼

小区对面的钟楼
整点敲响,短促而没有回音
仿佛这个小县城格外空旷
格外不值得行色匆匆的人停留片刻

散步的时候,我特地停下来观察钟楼
那只是一根粗大的长方体水泥柱
嵌入了分针、时针和一个语气淡漠的报时设备
有没有嵌入时间观呢? 我并不懂这样的构造

它立在一座崭新的校园内
却时时透着一层浅灰色的令人发寒的暮气
路过的人似乎有意加快了步伐
慢悠悠的小县城,似乎偶尔也会紧张

爱 写 信

十几岁的时候,爱交笔友
更准确地说,爱写信
邮票是翅膀,信封的沉重
在于千山万水心如初

每个字都是自由的
写成了,它就飞走了
家书、情书、忏悔书
都被写进厚厚的历史中

它不仅对抗时光
还对抗人性的善变
那些,深入骨髓的痛
才不至于被遗忘

于是等待终于消磨了一切
我可以两手空空,只带微笑
身后的影子越来越短
阳光,都寄到某人的身旁

雨后长街

雨后,往往是一种心情
能把自己看得再通透些
街上的红绿灯,更加耀眼
某些事物,刚活过来
或者,刚刚被惊醒

这条街道很长
此刻,仿佛静默的流泪者
穿过一个十字路口
我听到很多流泪的声音
在行进,在等待

路旁树木的间距似乎变大了
其实,我从没有看清过
只是深深地吸一口气
整条街上,没有了风
整条街上,我是唯一的浮尘

南方的天空

南方的天空多雨,多蓝色
白云在水里游啊游
小桥缠住河流
风缠住女人的腰

鸟儿飞过,问一条路
大海就在天空深处
水里养满了反光的石头
甚至有些倒影
只能在黑夜里看得清

县城公交

在县城工作头两年
我走路,或者挤公交
县里的公交并不发达
慢,却不致引起我的反感

这应该就是县城的速度
只有这么点风景,不能太快了
城乡公交还没有开通
回村的路上
还有很多橘树等着晒太阳

其实我更喜欢步行
走得慢,看得多
有时候在站头等公交
我会耐心把路过的站点都数几遍
车子来了
才犹豫着该不该上车

晚　市

这时候出来买菜
便宜，但已经不新鲜
下班的人很累
凑合凑合就算一天过去了

还是会有人讨价还价
但你听，安静得很
不像早市那么赶时间
压坏的白菜、土豆
成了他们心中最柔软的部分

做买卖的人回家了
现在，是一群渴望生活的人
他们以物易物
用琐碎的时间换一刻宁静
夕阳余光渐渐隐没
晚饭，准备好了

地下车库

地下车库的入口
一段不长不短的斜坡
车速开始减慢
渐暗的光线会成某种隐私

下班了,恰好
在地下车库歇口气
这里是最安静的公共场合
适合打个私人电话
或者,想一想家里还缺点什么

有些人在车上小憩
家里,总是睡不够的
我打开手机,清理几条微信
而这安静的地下车库
始终保持着
对那些消失的人的短暂怜悯

读友人信

一封纸质的信
起码要经历三双手的抚摸
一句发自肺腑的话
起码要禁得住误解、谩骂与失望

这样的问候已经很少了
岁月没有我们想象的那么安分
结婚、生子,边笑边哭
从不在意仪容的我
养成每天刮胡的习惯

我当然怀念远方好友
但已看不清隔了几座山、几条河
平静的心跳再没有那么深刻
"这就是日常",我或许张口就来
沉默变成一种习惯
而我们,已经听懂更多

老 朋 友

三年没见
老朋友生了第二个孩子
我们偶尔手机上问候,晒图
笑骂对方是老婆奴

网吧早就不去了
夜宵喝醉,也知道要回家
穿衣服总算学会看天气
陪孩子玩的时候
越来越容易想起远方的父母

我问他多久没回老家了
他说,这次过年一定回去
孩子要长大一些
才好带回去
而家里的老人,总是在等
那个从来没有长大的孩子

适 应

不用城市做背景

我是现代人，也是

活在回忆里的人

节衣缩食地攒下一点点快乐

对眼泪和笑，一直心怀敬畏

海边是我的故乡

天空是我的向往

三十年了

我只学会简单地活

越来越平静，却越来越

叫不出熟悉的名字

写诗的时候

我也时常在反省

是不是太久没有看海了

目光，已不适应天空的高度

生日那天

生日那天,加班
女儿非要陪我买蛋糕
但我越来越不喜欢甜食
只想喝点红茶暖胃

三十五了,有几根白头发
和值得吐槽的前半生
成都、西藏,还没有去过
偶尔写下的几首诗
总觉得配不上一口老酒

天黑了回家,已是常事
饭菜一热再热
而家人的等待不会冷
女儿、妻子,都盼着我的愿望
烛光熄灭的一刹那
我分明看到母亲痛苦的脸庞

一件毛衣

冷冽的秋风提醒我，该加衣了
我不禁想到远在故乡的母亲
她依然怕冷，她的腰
在寒气重时依然瑟瑟发疼
于是我寄了一件毛衣给她
加厚，束腰，纯羊毛
当然还要剪掉价格标签
勤俭的母亲，从来不肯轻易接受
所谓贵重的物品

一阵秋风灌入领口
猛然想起寄出的毛衣只是低领
这样的疏忽令我懊恼
我本不如母亲般长于细节
于是我又打算买一条围巾
在母亲的脖子受寒之前，弥补过错
擦身而过的中巴车让我为之一怔
或许我此刻最该买的
仅仅是一张回家的车票

冬　至

对我而言
它是一年之中最温饱的
有了三个季节垫肚
再冷的花朵,也会越开越厚

屋外的白色
被准许靠近火光
日子捻得越来越细
悄悄穿过旧岁的尾巴

母亲头上
涂满了更加均匀的月和思念
而远归的游人,始终不舍得卸下
打包了一整年的沉甸甸的愁味

沉　淀

忽然发现白头发多起来
照镜子的时候,变得小心翼翼
仿佛多看两眼就会多添几根
想拔下来,却始终抓不住

过去的日子是沉淀物
偶尔晃一晃,才发现自己又老了些
一起走的人越来越少
我依然想着爬上村里那座山
但说不出为了什么

有时候也和父母聊一下养生
喜欢安静的我,开始喜欢慢跑
时常一个人写点诗歌
却在心中对自己说,忘掉远方吧
脚下的影子也该疲惫了
正好,等它沉淀下来

人到中年

一篇断章,只余下省略号
渐渐灰暗的阳光
被他,用来喂养一只鸽子

他不再为了门锁和钥匙生气
挂历每一天预测的吉凶
都被压在牛皮公文包的最底端

烟瘾和性欲越来越成反比
喊不动宁静,他
就干脆把孤独塞入口中

沾满烟灰的手已经遗失了曾经响亮的几巴掌
现在,它们只能在被窝里
或是在便池旁,偶尔苟且一番

宽　恕

这并非随意说说的
也不管爱不爱它
当足够平静,有光,有空气
我也可以是一捧清水

我的性子里有春天,有冬天
有坦白的风,也有顽固的石头
自己对自己也忏悔过多次
一些朴素的事物,草或叶,皱纹或诗句
都曾代替那个原谅我的人

至于哭泣,我不认为这是一种仪式
多笑一笑吧,没有那么多责怪
这里有门,有窗,只需要多走几步
当下的心情把它记下来
确实有过怀疑,有过愤怒
而这些,都是最真实的礼物

观 荷 记

其实,我们都在等一场雨
最好的方式,就是没人说话
一直安静地活着,不好吗
风儿吹过,荷叶轻轻晃动

其实,它比我有耐性
分得清流言和善意的谎话
从不掩饰自己的孤独
眼泪留给淤泥下的良知
枯萎时,依然高举旗帜

为什么它的心是苦的
我只能尝到一丝悲悯和倔强
或许它厌倦了不公的人世
但总有人忍住饥渴,不断寻找清澈的水源
他们的双脚大多沉在泥土里,很深
仿佛只有这样,才不至于匆忙而错过

路边的一条长椅

路边的一条长椅
像一个独自等在路边的中年人
椅身有了些许脱漆和裂痕
生活的现状说不出，却也藏不住

它一直等在原来的位置，仿佛
没有什么问题是等待不能解决的
而中年以后，越等越沉默
阳光和风雨都是一阵一阵
谁想要坐下好好聊一聊
都得小心翼翼地抬头看看天

午后三点

打开空调，打开窗
七楼的风夹着几声呼啸
阳光斜了，车来车往不再那么烦躁
工地里的敲打声，平息了很多

再睡一会儿也许更好
不至于对着窗外浪费那么多空想
斜对面，新开楼盘的广告牌
懒洋洋地在风中晃了几下

我享受此刻的慢，一切都慢
窗外那朵云，已许久没有改变形状
马路上的车也都变慢了
有那么一刻，甚至什么都没有动

修 挂 钟

用了十年的挂钟
越走越慢
秒针总是来回颤动
像岔路口徘徊的少年

"时间"也会走走停停吗
它也许从来没有跑太快
水流比它快多了
所以大海始终那么大
而我却越来越渺小

我曾几次想过修理挂钟
都被琐事耽误了
它走得慢或快，似乎没有多大影响
"时间"也不过是琐碎的事物
它或许还怪我太守规矩
哪有什么路会一直顺到底

石　佛

这尊石佛还没有成形
阳光抹不清灰暗的面部
此时寂静,但没有更深的寓意
一声鸟鸣,恍若一种解脱

香火还在人间
不够虔诚,就是一团冷冷的烟
那么高的山,也留不住脚下的水
而那些被水冲落的石子
慢慢了解生活疾苦

还要继续挨刀,挨风雪
尝遍了痛,才会想到慈悲
一块石头要睁开眼睛
多少个黑夜已变得驯良
当有人在它面前下跪
它沉重得甚至要把自己压垮

搬　　家

他从乡下搬到城里
搬了一双结实的腿,一个结实的身躯
和一张透着劣质烟味的嘴
而他搬不动眼睛
搬不动那些沾泥的草
一句最轻的骂人的土话
也变成了斤两十足的秤砣

他觉得他只是搬运,而不是搬家
换了一个歇脚的地方
却没有打算把下半生埋在这里
他的根系惯于潮湿、阴暗
在城市里容易干死,或见光死
这里的节气也根本不守秩序
蚂蚁总是搬家,而天气始终多云

杂 物 房

本来没有杂物房的
太多东西堆不下,又扔不掉
总得给它们一个安置

这是时间的诡计吗
让我变成犹豫不决的人
房间里慢慢堆起灰尘
灰尘里埋着还没有死透的光阴

随意堆着吧
不用区分时间顺序和重要性
或许有一天还能用得着
阳光就不要照进来了
杂物房,有时比任何角落都隐私

它是要锁起来的,但有些东西锁不住
就像现在终究会成为过去
而过去也能一直留下来
锁在这里的时间,很慢很慢
当我老得太快了
或许会再来打开这把锁

脚 手 架

新的楼盘,还在搭脚手架
风一吹"吱嘎吱嘎"晃
他俩坐在架子上,吃盒饭
工作一天了,还得再卖点力气

这栋楼起码要造二十层
而对他俩来说
脚下的钢架子比什么都高大
钢管必须一根一根地扣紧
即便有点晃,也只是生活所迫

他俩站得比谁都高
脚手架是他们脚和手的一部分
此刻,高楼还只是平地
此刻,脚手架还没有活过来
他俩不断抚摸坚硬的钢管
直到生活中不再有那么多颤抖

一座空空的庙

村子拆迁了
只留下一座空空的庙
庙里的僧人搬走了
只留下一尊空空的佛
佛的眼里本来就是空空的
好像一切都没变过
我开车路过寺庙
如同一阵微不足道的风

骤　雨

一场雨，来得很急
车窗外的世界忽然消失了
我仿佛听到阵阵急促的刹车声
有人在喊"路呢"

我把雨刮器开到最快
依然擦不掉某种孤立感
突如其来的雨
狠狠敲击我最柔软的部分

我甚至忘了身在何方
就像一个逃难者
刺眼的红灯反而温柔起来
如同回家的指示牌
它或许明白了，生活艰难
一场雨就能冲垮脆弱的人间

忽然渴望听到钟声

偶尔,在床上翻来覆去
我忽然极度渴望听到钟声
那轻微响动,就是人间的规律
要平静,不要想着远方

心中默数某个节奏
醒着,就不能让它乱了
失眠者把摇晃的影子牢牢压住
容易失重的,除了孤独
还有轻易散落在地上的光

第五辑

轻轻地活着

QING QING DI HUO ZHE

适合一个人做的事

适合一个人做的事,并不多
读书算一件,喝茶需要两个人
静静坐着回忆往事
牵扯的人就更多更多

我习惯于独处,甚至
触摸到了影子的温度和质感
一个人就少了很多争执
时间从敌人变得惺惺相惜

我还在海边捡过贝壳
一个人面对一阵拍上胸口的浪花
疼痛和狼狈也适合一个人
自己嘲笑自己,真的很开心

做一个安静的人

做一个安静的人
写信,看报,独自喝茶
安静地长大,安静地变老
像花开花落一样
守住脚下的土,不打扰过路人

身边尽是流水、流云
流不走的只有一个简单的梦
梦里,月光皎洁
一个人安静地踩着落叶
像一棵挺拔的草,绝不盲从任何一阵风

人生如初

最初的时光
我们从不遗漏花期
欣然盛放,也甘愿落败

我们足够轻盈
落脚的时候无须寸土必争
缝隙里也可以自由往来
目光,还没有眼前的世界臃肿

不够彻底的进化
令我们慢,而且简单
甚至,还有许多空白之处
铺满了原始的阳光和雨露

天平上只有对称的男女
时间不能随意拨动一克砝码
桃花泛红的时候依然扬起阵阵燕语
朦胧的山川,全都源自诗经

扫 落 叶

可以扫进泥土里
也可以扫进一本书里
落叶的归宿是安静
偶尔,它也被扫进博物馆里
成为某段时间的化石
但阳光重新照一照
它身上依然有东西在流动
好像历史还活着
一个没有完成的约定
还在等待用春天来兑换

轻轻地活着

每天醒来先飘一阵
三十年脚踏实地
我的双脚已长满俗气的茧

曾经错过的落花、落叶
开始逐一拾捡到手心里
按照年、月、日堆放
当然，还有来去无踪的风
沾着雨，或沾着雪
总得给我个轻拿轻放的理由

我轻轻地穿衣，轻轻地洗脸
轻轻地咽下第一口早饭
光线里飘着尘，而黑暗的角落
同样飘着一些莫名的事物

试　探

山川冰冻,我不担心
发芽的树都说真话
雪把土地捂热
黑漆漆的眼睛沾染月光

流水流啊,越流越宽阔
我在下游收割稻子、麦子和粗粮
春天依旧小心翼翼
用一阵风试探我脸上的温度
微热,正适合栽花或埋藏多余的叶子

吃 素 者

她吃素,平淡如流水
既不信佛,也不信命运
每一天都给花浇水
没有阳光的日子,也喜欢早起

窗外是一片小树林
大多数声音,来源于土壤内部
她安静时,总有几声虫鸣
一群吃素者在讨论
如何才能让蔬菜长得更绿

棉 花 糖

像棉花一样柔软
就不要背负太多生活的重
阳光让我尝到甜味
越甜,就会越温暖

当我学会简单地表白
原来,沉默也能够被理解
不过是看一眼,聆听一句
柔软的事物之间
总能找到相互依偎的理由

春天匆匆

春天当然是短暂的
柳絮飞,樱花落,故事就结束了
你说默默的流水不代表诚意
那春雨呢,那些有温度的眼泪呢

几朵蓝色的花是谁哭出来的
天空忧郁而明亮
太匆忙了,这美好时光的流逝
风还只是个孩子
不经意间,被联系到了生死

谁愿意倾听,春天就会稍慢一些
这季节应该有很多歌声才对
喝酒的人、祭奠的人
心中都藏着一首诗
春天匆匆,万物匆匆
我们的双手不应该抓得太紧

一 个 人

有时候,羞于说出一个人
明明扯紧月亮的衣角
却不自觉地,把双手放到背后

一条小河也会让我欣喜
孤独地翻过一座座山头
却在路上,用孤独喂饱自己

当我终于看到,有些落叶
悄悄地为影子让路
丢失了阳光的人,还在找心

那早已停止转动的手表
永远固定在指向日落的方向
它只是想说,没有迟到

读　史

怎么能不读史呢
我活在历史里
大山、大河、瓷器、丝绸
是一个有胸怀的人必须读的

史书上有我的姓氏
我的祖先打渔,也写诗
边塞的风沙,沿海的风浪
藏满了时间的真相
我相信,很多人愿意冒险

行走的准则

一片星空,或一座山
都有各自的准则
当我尝试直立行走
双脚,总是在崎岖的路面越来越稳

行走的过程中
我渐渐爱上路边的风景
那些躬身垂背的沉默的老树
教会我如何在迷途中分辨真相

可以走得慢些
把芬芳的花期延长一些
我只是想触摸更多土壤
为一颗红色的种子寻一处善地

歌声从未消失
心中的灯塔越来越高
每当我走过陌生的地方
我总是主动向陌生人打招呼

阳光终将穿透一切

晨雾散了,大地上
有了你、我和一棵树
羊群不再惧怕黑夜
庄稼都活过了严寒的冬天

挖井人挖出了光
我相信下面的水是甜的
落叶落在那里,伟人葬在那里
偶尔路过那片土地
我看到自己的影子是完整的

还有炮火里的口琴声
还有风雪里的朗读声
谁说一点怜悯就是懦弱
此刻,我的信仰依然如旧
拥抱一定要温暖,还有
阳光终将穿透一切

漂泊的渔火

出门百余米
一眼便可望见海上的漂泊物
零星的渔火在海面摇晃
偶尔混淆了
在一朵白色浪花身上反光的事物

它们很少在我眼前靠岸
于是我联想到更多漂泊,而不是归来
船身已然成为海平面的一部分
眺望的视野里,只剩下
一盏灯、一缕炊烟和一间形态不定的小屋

这些渔火的闪烁往往显得虚浮
与海面上空命运明朗的星子截然不同
我姑且把它看作另一种活法
不断逐浪漂泊的人,至少
把坟立在海风吹拂的青山中,岿然不动

而它们终究要熄灭,终究要停止漂泊
层层的波浪清点这些漂泊者的年轮
燃烧殆尽,并不能简单概括为面对命运时的无力
它们应当是看清了一些东西
然后作出抉择,然后不遗余力

江南很轻

江南很轻
但绝不容许轻薄
她的水都来自一部经书
脸上的云霞
积攒了唐宋元明清

徜徉在云里的一条鱼
游不出某个女子温柔的怀
江南就这么点大
甚至容不下
一道涟漪悄然扩散

有人丢失了缘分
有人在烟波里迷路
他们都不敢爬上塔顶
面对一次见山见水的谈话

荷花丛中的白鹭
把江南委婉的轮廓绘在身上
她们既不靠岸，也不远离
仿佛于采莲女手心里
默默流淌而出的委婉的情感

五月的雨

五月的雨
从你心里落到你眼里
有人恰好推开一扇窗
与你相隔几片花瓣的距离

雨水沿着阳光滑落
一条条晶莹剔透的温暖丝线
是春天还没有织完的网
风儿轻轻拨弄几下
立刻粘上了你的脸庞

它要捕捉微笑,捕捉
一切新生的、明亮的事物
天空此时愈发苍茫
淡淡蓝色仿佛泄露了你的心事
开花,落花,又怎么能做选择呢
不过是心中那场雨还没下完

等

山坡上,花开得不多
我轻轻躺下来
等阳光,等雨水,等合适的季节

鸟鸣、流水声
各自等待着颜色来填充
山坡上有很多不同的方言
但没有外地人,没有小圈子

谁也不晒幸福的话题
大家生活简单,同样热爱白天与黑夜
炊烟从山下慢慢爬上山坡
时光裂成一寸一寸的
轻易量出匆匆回家人的影子

再等一等吧,花草还没有睡
几只不知名的虫子
在我耳边嚼了一整天草根
天色暗了,遥远的星星开始招手
我不自觉地朝那处星光点点头
仿佛,自己就是它要等的人

秋 风 记

秋风送爽,我一向这么认为
成熟的事物纷纷低下头
没有什么是赶不及的
流水再慢,也能绕过一座山

少年摘下果实
枯黄的落叶充满童趣
天空中,多了些东西在飞
我越来越喜欢抬头看
望高,望远,或者发呆

新　麦

新麦把父亲手中的烟一节节收割了
风变得温柔,像过日子的阿婶
种子落地,或粮食落地
某些黑暗处总有窸窸窣窣的星火

一寸麦尖是一寸光的编号
田里的秩序对得起庄稼汉的天空
有人挥手,像金色的涂鸦
村子里就这点艺术
看懂了,吃饱了,意义就有了

秋天正适合填补一年的漏
麦场上不断扬起的尘
堵住了风雨,哭声和手背的皲裂
他们堆起生活的砖,留出空地
用几根枯草点了一把火
像是某种庆祝,又像是在赎罪

时间，往往落后于心情

谁说一片落叶代表换季
很多树还在等待
不敢出门的人看不清窗外
时间，往往落后于心情

你看天空的颜色
充满了感性的小情绪
一半黑夜，一半光
谁也说服不了谁

下雪，是一种完成时
有些东西出现就代表结束
种子还在泥土里奔跑
我所渴望的
只是某种不确定的可能性

讲　故　事

睡前,为女儿讲故事
声音要轻,只适合两个人听
我抱着她,她抱着枕头
我们俩,都抱着自己的小秘密

窗外安静,床上安静
女儿渐渐睡着了
轻微的呼吸声
在我心头撞来撞去
现在,轮到她给我讲故事了

期　　待

我时常期待陌生人的来信
一句简单问候也好
至少我还关心外面的天气变化
还分得清稻子和麦子

如果每天有合适的劳动
出一出汗,也是我的期待
让双手磨得再粗糙一些
就不会有人质疑
我能照顾一座花园或一片田

很多期待与生活无关
很多没有意义的事
我却照样认真地去做
我不知道已经浪费多少时间
只是每当太阳落山
总会有种一无所求的错觉

一艘纸船

一艘纸船
爱着水,也爱着风
爱着被书写在身上的文字
也爱着,还没有写完的部分

一艘纸船有很多身份
但最初,它什么都不是
它不懂什么叫遗弃
被寄往远方的信
是它最初的认识与渴望

一艘纸船知道自己有多重
它并不嫌弃身体里的空白
遭遇风浪之后
模糊的字迹忽然有了力道
它渐渐驶入更深的水域
还没有写完的部分,悄悄落地

怕　黑

阳光画出影子
把疑问抛给大地
谁怕黑呢
草木一个劲地摇头
不是风,是爱说真话的孩子
真话容易掉进泥土里
变成一颗结实的种子
如果天太黑了
就被当成硬邦邦的石头

悔　　过

月亮又圆了
多好的一次悔过的机会
我该把衣服脱得干干净净
然后浸在水里,慢慢屏住呼吸

并不容易,身体太重了
就连月光都从水里被挤出来
怎么弥补,我只能想到弥补
但此刻太安静
没有人责备,我十分不安

月光也开始变沉
像水银一样灌入我的双眼
越来越痛,越来越轻
宽恕都来自很高的地方
而我站得太高了
双腿就会不自觉地颤抖

晨　音

起风了,寺里的晨钟
一声声荡开
淡淡草木香,似水流淌
我不禁打个冷战,天还没亮

几颗星子寂寥地挂在半空
钟声响,它们亮了些许
寺里的老树宠辱不惊
两只鸟在它头顶跳来跳去

我听到一些细微的声音
譬如花叶摩擦,譬如露水滴落
寺里的师父已经开始诵经
而他们,并没有声音

我消失在我的影子里

傍晚,我看到光线
一条一条被扯进树影里
群山隐晦地挪动脚步
没有交代黑暗来临要准备什么

村庄忽而变大
我就像一只受惊的蚂蚁
地面上的反光也充满疑惑
仿佛某些生锈的事物
并不相信有一片叶子曾是透明的

慢慢地,我消失在我的影子里
就连脚下的路也辨不清
群山早已安静,水流往黎明的方向
时间变得吞吞吐吐
不敢明说我爱的人去了哪里,但我知道
有时候除了等,没有更好的办法

每一天,你都是重新活着

阳光与歌声,都是直白的
我愿意每天都开着窗
那棵年迈的苹果树啊,不要嫌弃它
多嚼一嚼苦涩,才能知天命

青山、河流,消失了又重现
每一天都有人忘记眨眼
但我看清一窝幼鸟对母亲的依恋
天空的那点蓝色
才显得有那么一丝人情味

还要为黑夜正名,它没有掩盖
美丽的土地和残酷的真相
甚至星光灿烂,劝慰躲在暗处的人
回家吧,路上总有收获
也许等待有些漫长
但每一天,你都是重新活着

路　过

曾与蝴蝶竞争一朵花的美丽
光阴,在这里升了又降
风雪中的脚印
是某些经历必不可少的排序
我们放弃高处的风景
不断路过未曾到达的远方

太阳和影子都有我们的追求
下一个黎明
是一群渴望飞翔的鱼儿抬高了海岸线
摇摆成落叶的日子
也极力挽留鲜艳的色彩,以及余温
我们路过岁月更替,擦拭
沿途逐渐枯萎的沾染锈迹的声音

云端挤落麦子成熟的味道
那是我们把自己沉淀得越来越低
时光的缝隙填满简单之物
我们于是
又慢慢变回最初的透明

对生活要有点耐心

对生活要有点耐心
捡起一张纸也是日常部分
每天都要排队,等待
我逐渐爱上了席地而坐

不听话的孩子是我心中的兔子
只是,我的青草还没长齐
阳光、雨水,并不缺
凭什么责怪土壤
把一些种子埋得太深

你看,这么多果实一起低着头
风雨和虫灾,不提半句
平静地望着天空
就能听懂每一句劝慰
在太阳落山之前
对身后的影子说声"辛苦了"

深秋旁白

什么样的秋才算深秋呢
非得树叶落光,风也没了准头
赶不上最后一班公交车
又或者,在城市中央听到寂寥的钟声

深秋就应该是"深"的
深深地藏起来,让人摸不着
除了耐心等待,再无其他事可做
告别的人早就走远了
雪,还没有来

再"深"一点
孤独的人就爱上了孤独
阳光越碎越珍贵
金色,或枯黄
是否都带有某种认命的成分
我不由得想起"命运"这个词

落　日

一团火越烧越旺
直到群山也烧起来了
很多事物不慎落下影子
我的眼里,蒙上时间的灰

从那么久远说起
肯定有很多遗失的火光
落日,只是一种表达方式
还有第二种、第三种
甚至,还有来不及说出口的

那么多黑暗的角落
你知道藏了多少落日
有些花总是不知不觉就开了
夜里的水滴泛光,制造出黎明
落日悄悄复活
遗失的火光,没有半句怨言

夜晚的可贵

月光在清洗着什么
好像轻轻敲门的劝慰
夜深了,不要惊动太多
流进心里的光尽量慢一些

我知道夜晚的可贵
它安静,且给人反省的机会
太多孤独由此而生
于是,有人不断寻找真相
有人在等待里变成影子

但夜晚,始终不带一丝情绪
它恪守时间的公允和人性的本分
掩埋,接生,从未挑剔
就像河流经过一片沙漠
干了就干了
被它吻过的沙子会更加渴望雨水

曾经，我也溶于水

曾经，我也溶于水
呼吸的时候安静而有节奏
像一片轻轻摇摆的叶子
随时让路给花或果实

渐渐地，有了泡沫
我开始起伏不定
一阵风也是我，一颗石子也是我
涟漪晃动时，那些消失的碎光
一定是来不及后悔的

于是，我剪掉尾巴
用越来越慢的速度去追大海
我看到更多风景
却也被更多风景抛弃
唯一清澈的眼睛里
还能流出儿滴含沙的泪

愿

要么公平地对待他们
沉默的人在黑夜里都是这么做的
种几棵树,就要浇几次水
安静的阳光抹在每一双脚上

我的粮食,尽管拿去吧
喂饱那两个争吵的陌生人
用一路的时间说一句宽容的话
希望挂在夜空的露珠
滴落时也能亮成耀眼的星

还有没燃尽的烟花
还有那么多歌声
我只管坐着,仰着头
河流从身边绕了一个大弯
却格外平缓,仿佛
对艰难的生活毫无怨言

当我老了

当我老了
我希望还有力气泪如雨下
为一具风干的动物尸体
大病一场
愈来愈深的皱纹里
填满从悬崖剥落的
风雨的骨质

当我老了
我希望还能
在体内引燃几座火山
风暴眼里尽是
我苟延残喘的咳嗽
从乌云中层层跌落的山水
我总是保持全新的审视

涨潮的时候
我会从容走进一道瀑布
除非
蹒跚的身影沉积为雪
岁月无法抹除
日渐羸弱的火焰的跳动

我只希望
给更多河流一个交代
流尽与远方相关的所有疼痛

日出日落不再成为我的负担
我能清扫淡淡的影子
心安理得地摘下两鬓上的成熟
或者用一个掩藏至深的秘密
随意垂钓风帆
向从未到过的边疆隔空喊话
我依然有着策马流浪的
雄心壮志

悖　论

一直觉得，老去是最快的
时间没有声音，所以雪花堆得起来
门窗透着风，抖得厉害
但依然拒绝了那么多敲门的人

我愿意多提故乡
这样语速缓慢，且表达更多
而有限的泪水无法喂饱草木
需要让一部分先枯萎
再和死亡强硬地说一声"不"

我甚至觉得辈分是一种谎言
除了母亲的阵痛和挖井人的饥渴
哪里还有真实的生活
你看，夜深了，我们才靠近光
连自己也听不到的梦话
才能洗净满身的世俗